太阳公公……

太阳公公

去哪儿了呢?

奶奶的
小孙孙

李裁旭

李智娅

韩国压花作家。愉快地从事了20多年的压花工作。

"每当感到心累时，我都会从花、草、叶子中得到许多慰藉，现在我正在与他人分享着这份慰藉。念书的时候，我总是在笔记本上随意涂鸦，为此没少挨训。而今，我终于用花、草和树叶完成这本书。"

"我抱有一份期待，希望孩子们能够在一个拥有蔚蓝天空、清新空气的健康又安全的世界里尽情玩耍。
选用植物藤蔓勾勒出一张张笑脸时，我也始终满脸笑容。
希望遇见这本书的所有人都能像书中的孩子们那样笑靥如花，都能梦见彩虹。"

图书在版编目(CIP)数据

雨，停下来吧 / (韩) 李智娅图、文 ; 朴艺丹译. --
深圳 : 深圳出版社. 2023.5
ISBN 978-7-5507-3598-9

Ⅰ.①雨… Ⅱ.①李… ②朴… Ⅲ.①儿童故事—图
画故事—韩国—现代 Ⅳ.①I312.685

中国版本图书馆CIP数据核字(2022)第143834号

雨，停下来吧
YU, TING XIA LAI BA

出 品 人 / 聂雄前
责任编辑 / 吴一帆　陈少扬
责任技编 / 陈洁霞
责任校对 / 董治钥
装帧设计 / 小8
出版发行 / 深圳出版社
地　　址 / 深圳市彩田南路海天综合大厦（518033）
网　　址 / www.htph.com.cn
订购电话 / 0755-83460239（邮购、团购）
排版制作 / 深圳市龙瀚文化传播有限公司（0755-33133493）
印　　刷 / 中华商务联合印刷（广东）有限公司
开　　本 / 787mm×1092mm　1/16
印　　张 / 3.5
字　　数 / 45 千
版　　次 / 2023年5月第1版
印　　次 / 2023年5月第1次
定　　价 / 42.00 元

版权登记号 图字：19-2022-018 号

비야，그만
Copyright ⓒ 2021 by Lee Ji Yeon
Simplified Chinese translation copyright ⓒ 2023 Shenzhen
Publishing House
This translation was published by arrangement with
Sodong Publishing House through SilkRoad Agency,
Seoul and CA-LINK International LLC.

All rights reserved.

雨，停下来吧

〔韩〕李智娅 图/文

朴艺丹 译

深圳出版社

太阳公公
出来了！

一起去踢
足球吧！

这是我的妹妹

我也要去！

嗒，嗒，嗒，
次雄跑来了。

还有智淑和花花。

多仁蹦蹦跳跳，
从家里跑了出来。

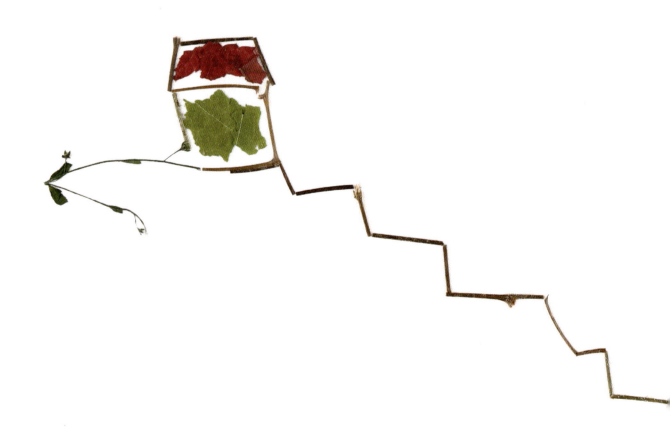

嗖，嗖，嗖，
建禹骑着自行车赶来了。

盛淏呀，
可别告诉姐姐们，
你要悄悄地来哟。

小伙伴们都出来了，
大家聚在一起。

又下雨了！

雨，

大家一起喊，

停下来吧！

裁旭呀，
快起来啦！

太阳公公，
真的回来了！

药房

紫菜
包饭

花店

绣球

玉叶金花

绣球

枫叶

美女樱

鸡树条的花

白车轴草（三叶草）

落叶

绣球

金鸡菊

绣球

金鸡菊

绣球

雀舌草

雀舌草

飞燕草

附地菜

绣球

灯芯草

绣球荚蒾
（木绣球）

绵枣儿

绣球

雀舌草

绣球

绣球荚蒾（木绣球）